跟着诗词去旅行

边塞豪情

大漠孤烟直，长河落日圆。

白鳍豚文化 著

中国致公出版社　知音动漫

本书的多样玩法

◆ 诗词通关宝典 ◆

如果你喜爱诗词，书里有200多首经典诗词等你吟诵，更有沁人心脾的美文带你邂逅诗词之美。

◆ 旅行研学攻略 ◆

想来一场说走就走的旅行？没问题，88个城市攻略，从长江到黄河，从高原到海岛，定制研学目标和路线，让你在行走中增长见识。

◆ 趣味知识百科 ◆

天下第一行书是什么？《西游记》中的唐僧真有其人吗？趣味知识，名人故事，科学现象……让你变身知识达人！

还能当做一本作文素材书，旅行打卡清单……

更多功能等你解锁！

使用说明

1. 用微信扫描二维码，关注公众号。
2. 后台回复城市名，如回复"北京"，即可获得音频。

公众号后台回复**城市名**，获取音频答案

太原：除了煤炭，你还知道哪些能源资源？

忻州：五台山是怎样形成的？

呼和浩特：蒙古族有哪些独特的生活习俗？

包头：敖包在蒙古族人的生活中发挥着怎样的作用？

阿拉善盟：沙漠中骆驼有哪些作用？

张掖：张掖的彩色丘陵是如何形成的？

酒泉：你知道鸣沙山能听到"鸣沙"的原因吗？

嘉峪关："中国长城三大奇观"分别是什么？

武威：说说"马踏飞燕"的文物价值。

天水：你知道有关伏羲的神话故事吗？

乌鲁木齐：新疆的水果为什么特别甜？

巴音郭楞蒙古自治州：我国用于防治土壤沙漠化的树木主要有哪些？

西宁：哪些地方出现过"龙吸水"？

银川：为什么宁夏平原能成为"塞上江南"？

延安："延安三大地质奇观"是什么？

秦皇岛：你知道孟姜女哭长城的故事吗？

牡丹江：牡丹江有哪些特色美食？

白山：长白山有哪些珍贵的冷水鱼？

兰州：兰州拉面有哪些讲究？

晋中：一起了解一下乔家大院吧。

吐鲁番：吐鲁番的葡萄有什么特点？

伊犁哈萨克自治州：伊犁有哪些著名特产？

诗词美文

太原地处三面环山的河谷平原，汾河自北向南贯穿全境。北方游牧文化与中原农耕文明交汇于此，太原自古就是军事重镇。李白来到这里，就是想寻找机会实现心中的抱负呀！

太原早秋

唐·李白

岁落众芳歇，时当大火流。

霜威出塞早，云色渡河秋。

梦绕边城月，心飞故国楼。

思归若汾水，无日不悠悠。

【注释】

1. 大火流：意指夏去秋来，天气转凉。
2. 汾（fén）水：即汾河，流经太原。

又到了夏末秋初的时候，天气开始变凉了。往日里温和宜人的清风，竟然也夹杂了一丝凉意，透过青布长衫，不免叫人起了一身的鸡皮疙瘩。人尚且这样，那些娇嫩的花朵们，怕是更加禁受不住这寒风的折腾，早早就凋零了吧？

站在这冷冷清清的城楼上，向南望去，应该就是黄河的方向了。塞外已经开始下霜，冷风还在头顶上盘旋着，天上的云刚想停下来歇歇脚，就被吹走了，像一团棉絮，夹裹着秋色，飘向了更远的地方。跟着风一起飘走的，还有那思归的心吧……

我身处边城中，梦里都还萦绕着太原上空的月亮，但我醒来后，心却已经飞回故乡了。

如今，困在这座城里呀，我的心就像那绵绵不断的汾水，日日夜夜都不曾停歇，一心只想着往故乡流去。

研学攻略

研学目标： 了解晋文化，思考城市该如何与自然和谐相处。

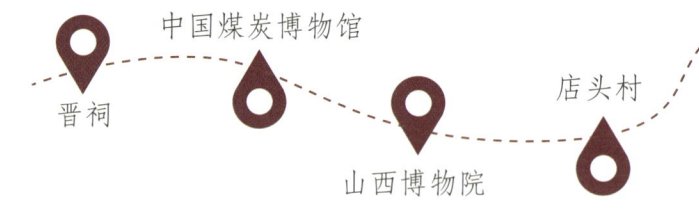

1 拜访三晋始祖

俗话说："不到晋祠，枉到太原。"晋祠供奉着三晋人文始祖，三晋文化从这里起源，走过三千多年。晋祠是中国现存最早的皇家园林，其中难老泉、宋代彩塑和周柏被誉为"晋祠三绝"。

> 除了煤炭，你还知道哪些能源资源？

2 了解煤炭的形成

山西素有"煤海"之称，太原就位于煤海中央。太原的煤炭资源不仅量大，品种也很丰富。中国煤炭博物馆收藏了多种煤种标本，还以模型生动地展示了煤炭的形成和应用。

3 博览山西文物

山西博物院格局对称，外观似鼎似斗，象征安定吉祥和丰收喜悦，内部成"太极中央，四面八方"之势。博物院内的展览以"晋魂"为主题，有珍贵藏品约40万件，精华荟萃。

4 造访店头村千年民居

店头村是晋阳古城的缩影。店头村遗留的千年民居，颇有军事堡垒的形制特点。村内供奉的神庙，也是充满尚武精神的"真武大帝"神庙。

5 品尝太原美食

循着锣鼓声声，步入太原街巷，先在街头的面食小店来一碗拉面，淋上"醋调和"与"浇两样"，开启舌尖之旅。回去时捎上晋祠大米和清徐沙金红杏，这一趟才不虚此行。

太原大鼓

沙金红杏

醋浇头

晋祠大米

◆ 拓展阅读 ◆

观放白鹰二首（其一）

唐·李白

八月边风高，胡鹰白锦毛。
孤飞一片雪，百里见秋毫。

诗词美文

忻州境内多山,地形复杂,东有太行山,西有黄河,著名的雁门关就坐落在其中。中唐时期,地方军队割据一方,彼此之间征战不休。李贺为了给征讨叛乱的将士们打气,特赋诗一首。

雁门太守行

唐·李贺

黑云压城城欲摧,甲光向日金鳞开。
角声满天秋色里,塞上燕脂凝夜紫。
半卷红旗临易水,霜重鼓寒声不起。
报君黄金台上意,提携玉龙为君死。

【注释】
1. 甲光:指铠甲在阳光下散发的光芒。
2. 燕(yān)脂:即胭脂,这里指泥土颜色很深。
3. 凝夜紫:在暮色中凝成暗紫色。
4. 玉龙:宝剑的代称。

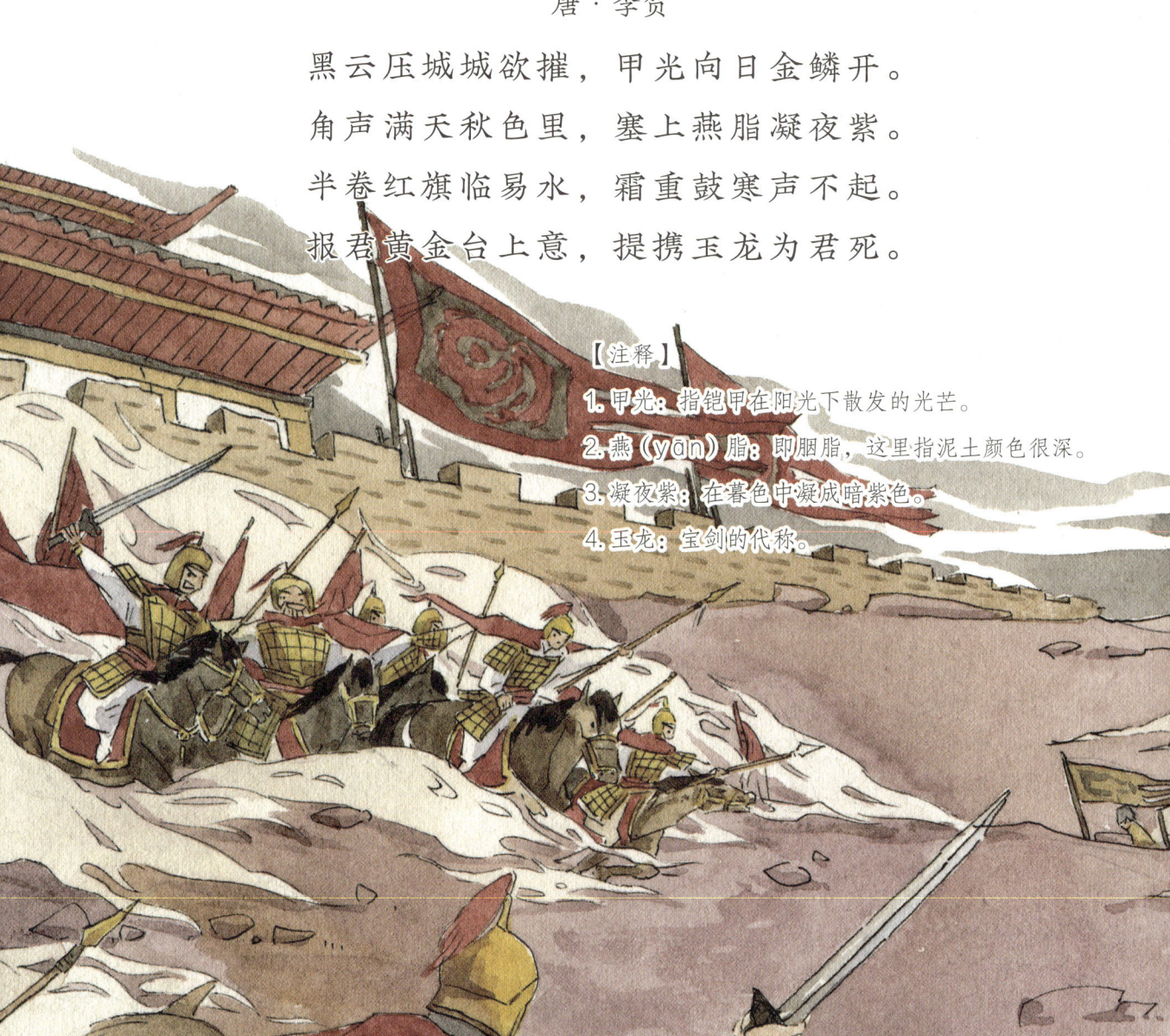

雁门关外一阵阵烟尘升腾而起,逐渐化为空中密布的阴云。这阴云不断向前侵袭,像要把这座关隘吞噬掉。城楼上,将士们挺身站立在阳光下,身上的铠甲像鱼鳞一样,反射出耀眼夺目的光芒。

　　战斗的号角响彻云霄,给这秋天的景象抹上了一层壮丽的色彩。一番激战过后,脚下的土地似乎也被鲜血浸透,在暮色中凝成暗紫色。

　　然而,戍边的将士们是不会让敌人得逞的!趁着天色未明,一支小队悄悄出了城,半卷着旗帜,携带着轻便的装备,向驻扎在易水边的敌军发动袭击。天寒地冻,前进的步伐变得缓慢,战鼓也像被冻住了一般,只能发出沉闷的声响。恐怕这又是一场硬仗!

　　可是,没有人会因此退缩!昔日,燕昭王曾在此地建造高台,置万两黄金于其上,诚招天下英雄。但凡真正的勇士,都会提起玉龙宝剑,即使为了国家慷慨赴死,也决不畏惧!

研学攻略

研学目标： 学习忻州的历史文化，感悟忻州独特的魅力。

雁门关　五台山　万年冰洞　西河头地道战遗址

> 雁门关发生过哪些重要战役？

❶ 登雁门关

登上雁门关，远眺关外景象，碧绿的青山下有飞将军李广挽弓射虎的传说，也曾有王昭君出塞留下的车马印迹。北宋的杨家将杨业在雁门附近陷入围困，但他宁死不屈，战斗到了最后一刻。

> 五台山是怎样形成的？

❷ 上五台山悟禅意

五台山并非一座孤立的山，而是华北平原上一系列山峰的总称。因山顶无林木，宽阔如土台，才得"五台山"之称。五台山是我国唯一汉传佛教与藏传佛教并立的道场，现存47处寺院，禅意深深。

3 探险万年冰洞

万年冰洞形成于新生代第四纪冰川期，洞内坚冰常年不化，洞外却四季分明。万年冰洞的成因还未有定论，但神奇的冰洞已吸引了络绎不绝的游人。

4 参观西河头地道战遗址

地道战是抗日战争时期，华北平原军民打击日军的特有作战方式。西河头地道战遗址至今仍保留着当初的防御工事，值得一观。

5 忻州文化特产之旅

在庄重肃穆的五台山佛乐之中体味千年佛教的教义；在劲道的莜面窝窝和保德碗托中品尝人间烟火味，听一听海红果的美丽神话故事，体悟大隐隐于世的人间智慧。

五台山佛乐

保德碗托

海红果

莜面窝窝

◆ 拓展阅读 ◆

塞上曲

唐·王昌龄

秋风夜渡河，吹却雁门桑。
遥见胡地猎，鞴马宿严霜。
五道分兵去，孤军百战场。
功多翻下狱，士卒但心伤。

诗词美文

独特的自然条件孕育出呼和浩特的草原风光,这里历来都是重要的牧场。南北朝时期,敕勒族曾在这片区域活动,这首诗就是他们日常生活的真实写照呢!

敕勒歌

北朝民歌

敕勒川,阴山下。天似穹庐,笼盖四野。

天苍苍,野茫茫。风吹草低见牛羊。

【注释】

1. 敕勒(chì lè):古代的游牧民族。
2. 穹庐(qióng lú):用毡布搭成的帐篷,即蒙古包。
3. 见(xiàn):同"现",显露。

连绵起伏的阴山,横亘在天地间,阴山脚下,则是一望无际的原野。以游牧为生的敕勒族就生活在这片草原上。

敕勒川的天空像水洗过一样澄澈,湛蓝的天空飘浮着几朵白云,无尽的草原上翻滚着层层绿浪。敕勒川像一个巨大的帐篷,把牧民们生活的这片土地笼罩在里面。置身于茫茫的旷野之中,伫立在无尽的苍穹之下,每个人都渺小得像一株小草。

一阵风吹过,吹起了帐篷的门帘,吹动了层层绿草,牧草伏下身去,露出了草地中的牛羊……

美丽的草原,就是我们的家。我们一刻也不会分开。

研学攻略

研学目标： 了解蒙古族文化，思考民族融合的重要意义。

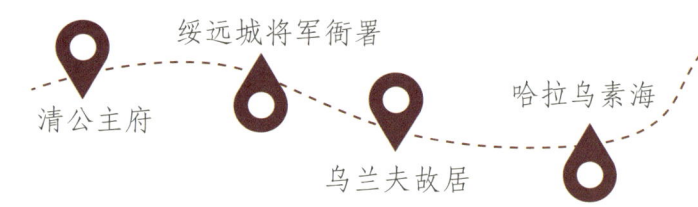

清公主府 — 绥远城将军衙署 — 乌兰夫故居 — 哈拉乌素海

蒙古族有哪些独特的生活习俗？

头饰

座椅

❶ 观察清公主的日常

和硕恪靖公主府是满蒙联姻的产物，也是我国现存唯一完整的公主府，现成为呼和浩特博物馆。馆内藏有蒙古族"节庆礼佛图卷"，是研究清代蒙古族贵族生活的重要资料。你能想象公主的一天是怎样度过的吗？

❷ 参观绥远城将军衙署

清朝绥远将军负责管理归化城、漠南草原等地区，是一品封疆大吏。绥远城将军衙署陈列有清代八旗武备，展示了清朝的军事力量。

3 学习乌兰夫精神

共产主义战士乌兰夫在这座典型的北方民宅中度过了自己的童年,并受到五四运动的感召,成为"早期觉醒的蒙古族青年"的杰出代表。走进乌兰夫故居,学习他的革命精神吧!

4 游览哈拉乌素海

"哈拉乌素"蒙古语意为"黑水湖",因雨水冲刷,大量沙土进入湖泊,湖水看起来犹如黑色的玛瑙。

5 蒙古族民俗美食之旅

在大草原上醒来,吃一口呼和浩特烧麦,饮一口奶茶,放上一两块奶豆腐,香浓可口。还有绝不能错过的民俗舞剧二人台,演绎了呼和浩特的文化精粹。

呼和浩特烧麦

二人台

蒙古刀

奶豆腐

◆ 拓展阅读 ◆

征人怨
唐·柳中庸

岁岁金河复玉关,朝朝马策与刀环。
三春白雪归青冢,万里黄河绕黑山。

诗词美文

包头毗邻黄河与阴山山脉。秦汉以来，这里就是汉族和北方游牧民族争夺的地点。王昌龄用雄劲的笔触写出对汉朝大将李广的追思，表达了诗人对战争胜利的渴望。

出塞二首（其一）

唐·王昌龄

秦时明月汉时关，万里长征人未还。
但使龙城飞将在，不教胡马度阴山。

【注释】

1. 但使：只要。
2. 龙城飞将：龙城，相传是汉朝名将李广练兵的地方，李广有"飞将军"的美称。
3. 阴山：位于今内蒙古自治区中部。

漆黑如墨的夜色中，一轮明晃晃的月亮，高高地悬挂在天空上。月色皎洁如雪，像给这荒山野岭镀上了一层银光。不远处的小山坡上，立起了一座高大的城楼，那是一座秦汉时期遗留下来的雄关险隘。

一千多年过去，它一直威严地矗立着。明月还是秦汉时期的明月，边关仍旧是秦汉时期的边关，可是这里的战事从未停过。从中原到塞外相隔万里，金戈铁马，多少将士一旦踏上征途，就血洒疆场，再也无法归来！

假如汉代的飞将军李广还在世的话，他一定能率领英勇善战的士兵们击溃强敌，让那些外族骑兵的马蹄再也不敢跨过这阴山半步！

研学攻略

研学目标： 欣赏包头的草原风光，思考矿产开采给包头带来的利与弊。

1 驰骋在希拉穆仁草原

希拉穆仁草原位于包头市东北部，是典型的高原草场，也是名扬海内外的旅游避暑胜地。在这儿随处能看到用于祭祀的敖包，蒙古族人在敖包里存放英雄的遗物，并通过祭祀敖包来祈求风调雨顺、牛羊肥美。

> 敖包在蒙古族人的生活中发挥着怎样的作用？

2 观看矿产开采过程

"白云鄂博"蒙古语意为"富饶的神山"，矿区内蕴藏着占世界已探明总储量41%以上的稀土矿物，白云鄂博因此成为享誉世界的"稀土之都"。稀土有"工业黄金"之称，能用于军事、电子和超导等许多高科技产业。

> 你知道稀土可以制作出哪些新材料吗？

3 游览南海湿地

老包头素有"水旱码头"的称呼,其中水码头就是指南海子码头。现在的南海湿地水草丰美,碧波荡漾,游人众多。

4 走进北方兵器城

兵器城主广场上,有一门特别的火炮。它是新中国研制的第一门100高炮,新中国成立10周年时,它作为自主研发的武器成果,参加了阅兵仪式。

5 包头美食特产之旅

冬天来一碗热气腾腾的羊杂碎汤,和朋友们享用一整只烤全羊,在掰拉撕咬中体味塞北羊的风味,浓香不膻。除了美食,还有由羊毛织成的三蓝地毯,年代愈久颜色愈艳,给人返璞归真的艺术享受。

三蓝地毯

麦秆画

羊杂碎汤

烤全羊

◆ 拓展阅读 ◆

从军北征

唐·李益

天山雪后海风寒,横笛偏吹行路难。
碛里征人三十万,一时回向月明看。

诗词美文

阿拉善盟附近有著名的贺兰山,北方游牧民族曾长期在此活动。南宋时,这里成为金人的国土。抗金名将岳飞立誓踏破贺兰山,完成驱逐外敌、重整河山的夙愿。

满江红·怒发冲冠

宋·岳飞

怒发冲冠,凭阑处、潇潇雨歇。抬望眼、仰天长啸,壮怀激烈。三十功名尘与土,八千里路云和月。莫等闲、白了少年头,空悲切。

靖康耻,犹未雪。臣子恨,何时灭。驾长车踏破、贺兰山缺。壮志饥餐胡虏肉,笑谈渴饮匈奴血。待从头、收拾旧山河,朝天阙。

【注释】
1. 靖康耻:指靖康二年,金兵攻陷汴京,掳走徽、钦二帝。
2. 朝天阙(què):指朝见皇帝。

雨声停歇，我倚栏眺望。满腔的怒气在翻腾上涌，简直要从发梢迸发出来。我长叹数声，一时之间，国仇家恨涌上心头，雄心壮志再度点燃。

想我征战三十多年，在烟尘黄土中也算是建立了一点功业；南北转战八千多里，也看惯了世事变迁。可是国难当头，个人的荣辱兴衰，又有什么值得计较呢？我劝后来的有志之士啊，切莫让时光轻易流逝，等到两鬓斑白时，再悲叹也来不及了！

靖康之变的耻辱，尚未得到洗刷。我们的恨意何时才能熄灭？我没有一天不想着驱使战车，踏平贺兰山，直捣黄龙府。待到战事停歇，大局已定，我们重新收拾好祖国的山河故地，再一起返回国都，进宫面见圣上！

研学攻略

研学目标： 了解阿拉善盟的人文与历史，感悟保护自然的重要性。

> 沙漠中骆驼有哪些作用？

❶ 游览腾格里沙漠

腾格里沙漠是中国第四大沙漠，"腾格里"蒙古语意为"天"，指腾格里沙漠就像天空一样无边无际。月亮湖是这里唯一有湖岸线的湖泊，是沙漠中的明珠。

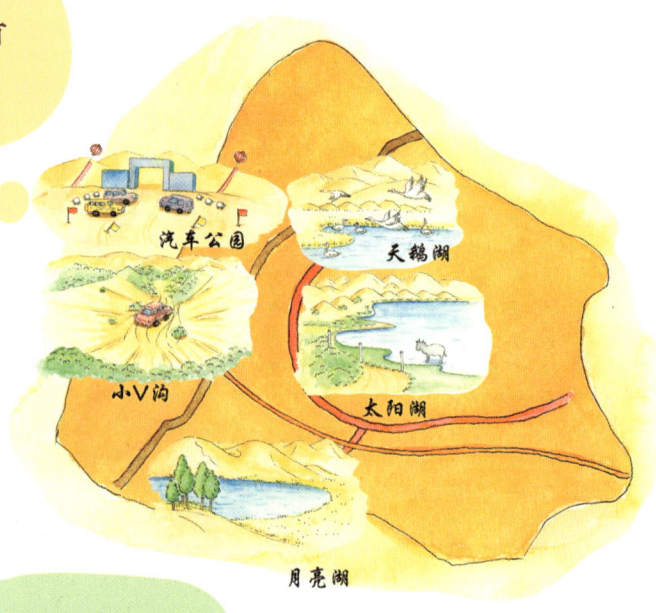

> 除了沙漠，还有什么地方容易出现海市蜃楼呢？

❷ 等待戈壁蜃楼

戈壁蜃楼主要出现在阿拉善盟的西北部沙漠中。因太阳照射沙漠，沙土附近的空气迅速升温。由于热空气比冷空气密度小，光的折射发生变化，远处的绿洲就出现在人们眼前了。

❸ 探秘黑水城

西夏立国时，黑水城成为西夏的边防要塞。到西夏鼎盛时期，黑水城经济、文化繁荣发达，各色民居、作坊布满城区。现在，黑水城已成为居延遗址的一部分，供人们站在干涸的河床上静静追思。

❹ 参观阿拉善博物馆

六千年历史浓缩在阿拉善博物馆中。张骞出使西域开通丝绸之路，自西向东归来的土尔扈特部来到阿拉善，都是民族交流与融合的有力证明。

❺ 戈壁美食之旅

蹄黄是骆驼掌心仅有鹅卵大小的纤维组织，口感柔软，富有嚼劲；阿左旗酥油是鲜奶中的精华。这些富有特色的地方美食都是热情的阿拉善人待客的上品。

糖腌锁阳

阿左旗酥油

凉拌蹄黄

阿拉善地毯

◆ **拓展阅读** ◆

出塞作

唐·王维

居延城外猎天骄，白草连天野火烧。
暮云空碛时驱马，秋日平原好射雕。
护羌校尉朝乘障，破虏将军夜渡辽。
玉靶角弓珠勒马，汉家将赐霍嫖姚。

诗词美文

张掖古称甘州，位于河西走廊，历来是中原王朝经略西北的军事重镇。王维此次出使，一路轻车简行，当见证了塞外的雄奇景象之后，诗人的心胸不自觉就变得开阔了！

使至塞上

唐·王维

单车欲问边，属国过居延。

征蓬出汉塞，归雁入胡天。

大漠孤烟直，长河落日圆。

萧关逢候骑，都护在燕然。

【注释】

1. 居延：在今甘肃省张掖北。
2. 征蓬：飘散的蓬草，喻指远行之人。
3. 候骑：指巡逻侦察的骑兵。

奉命出使,轻车简行,前往边境慰问辛劳的战士们。一路向西,我们已经过了远在西北边塞的属国居延了,究竟什么时候才能抵达呢?

大雁在头顶上成群结队地飞过,不时发出阵阵欢快的叫声。它们是在庆祝北归的旅程即将结束吗?寒风中上下翻飞、无所寄托的蓬草飘出了边塞。我就像这随风而去的蓬草一样,跟着归雁飞到了塞外胡天。

这大漠空旷平坦,一览无余。在那天际缓缓升腾起来的一缕孤烟,笔直地立在天地之间,直到天的尽头。在这浩瀚沙漠的黄河边,太阳也收敛起了往日的耀眼锋芒,显露出了圆润的线条。

车轮辘辘,行程迢迢啊,终于到达萧关。途中碰上外出侦察的士兵,一打听才知道,原来将士们还在燕然前线,征战未归……

研学攻略

研学目标: 感受张掖的独特魅力,探究张掖丹霞地貌的成因。

张掖丹霞国家地质公园　山丹军马场　中国工农红军西路军纪念馆　西夏大佛寺

> 张掖的彩色丘陵是如何形成的?

1 游览张掖丹霞国家地质公园

红色砂岩经风化剥离和流水侵蚀,发育成奇岩怪石。这里是全国唯一一个丹霞地貌与彩色丘陵共有的地质公园,既有广东丹霞山的奇险,亦有新疆"魔鬼城"的斑斓。

> 霍去病有哪些功绩?

2 去山丹军马场观骏马

骠骑将军霍去病击溃匈奴后,水草肥美的祁连山和焉支山成为汉朝重要的军马养殖基地。风光旖旎的军马场,也是拍摄塞上风光的影视基地。

③ 参观中国工农红军西路军纪念馆

为完成在河西走廊建立根据地、打通国际通道的重要任务，中国工农红军西路军浴血奋战，书写了可歌可泣的英雄历史。

中国工农红军西路军历经了哪些重要战役？

④ 朝拜西夏大佛寺

西夏大佛寺素称"塞上名刹，佛国胜境"，现在是张掖的标志性建筑。这里还有亚洲最大的室内泥塑卧佛和世所罕见的明代手书金经，是集民族风情、馆藏文物和朝圣礼佛于一体的游览胜地。

⑤ 张掖美食之旅

爆炒一份搓鱼子，在状似小鱼的滑软面条中吃出滋味。但张掖的美味风情不止于此，我们与临泽人一起采摘房前屋后沉甸甸的临泽红枣，迎接红艳艳的丰收季……

祁连玉

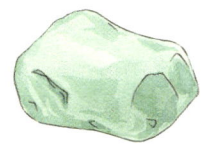
裕固族舞蹈

临泽红枣

搓鱼子

◆ **拓展阅读** ◆

秋思二首（其二）

唐·张仲素

秋天一夜静无云，断续鸿声到晓闻。
欲寄征衣问消息，居延城外又移军。

诗词美文

酒泉毗邻祁连山,是河西四郡之一。汉武帝开通西域后,在此修筑玉门关。王之涣在他的传世名诗中,就把玉门关当成了一个重要的地理分界线。

凉州词二首(其一)

唐·王之涣

黄河远上白云间,一片孤城万仞山。
羌笛何须怨杨柳,春风不度玉门关。

【注释】
1. 仞(rèn):形容极高。
2. 羌(qiāng)笛:古代羌族人的乐器,奏出的乐音有悲凉之感。
3. 玉门关:古代著名的军事关隘,位于今酒泉市敦煌西北。

浩浩荡荡的黄河水，从眼前奔流而过，似乎永远都没有枯竭的一天。站在陡峭的岸边，不禁感慨这滔滔不绝的水流，究竟从何而来？河道蜿蜒曲折，延伸向天际，隐没在白云之间。也许那里就是黄河的源头所在吧！

　　远处连绵不断的山高耸入云。在群山的映衬下，那座城楼显得分外孤单，像被世人遗忘在这苍茫辽阔的天地间。

　　这就是大名鼎鼎的玉门关，古往今来，无数的将士们都曾驻扎于此。只不过，如今太平盛世，战鼓声已经很久没有响起了，取而代之的是一阵阵哀怨的羌笛声。

　　可是，吹笛的人哪，你又何苦把这烦怨寄托在杨柳曲中呢！要知道，那和煦的春风，历来是到不了这塞外苦寒之地的啊！

研学攻略

研学目标： 了解风力作用对自然景观的塑造，体会自然的神奇与壮阔。

1 去莫高窟看壁画

莫高窟俗称千佛洞，坐落在酒泉敦煌。它始建于十六国的前秦时期，是世界上现存规模最大、内容最丰富的佛教艺术地。《九色鹿经图》是莫高窟中的经典，飞天壁画更是名扬四海。

你知道鸣沙山能听到"鸣沙"的原因吗？

2 登鸣沙山，观月牙泉

鸣沙山因沙动成响而得名，月牙泉处于鸣沙山的怀抱之中，形状酷似一弯新月。登鸣沙山，观月牙泉，还可以体验骑骆驼、滑沙和跳滑翔伞等特色活动。

3 探险"魔鬼城"

敦煌雅丹国家地质公园是雅丹地貌的天然博物馆。大风和流水造就了干旱地区独有的雅丹地貌群，大风刮过时雅丹柱会发出各种怪声，因此这里又被称为"魔鬼城"。

4 了解飞船的发射过程

酒泉卫星发射中心是我国建成最早、规模最大的航天中心。"神舟"系列载人航天飞船从酒泉卫星发射中心升向太空，这里是中国人航天梦想成真的地方。

5 敦煌美食之旅

买一份酥脆可口、油而不腻的香酥火烧，再品一品葡萄美酒，惬意悠闲。粒粒分明、红艳饱满的瓜州枸杞，补血益气，也是赠送亲朋好友的良品。

夜光杯

香酥火烧

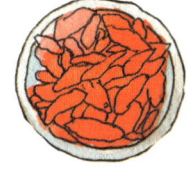

瓜州枸杞

◆ 拓展阅读 ◆

关山月

唐·李白

明月出天山，苍茫云海间。
长风几万里，吹度玉门关。
汉下白登道，胡窥青海湾。
由来征战地，不见有人还。
戍客望边色，思归多苦颜。
高楼当此夜，叹息未应闲。

诗词美文

嘉峪关号称"天下第一雄关",关城虽是明朝时修建,但凭借着险要的地势,唐时就已成为扼守河西走廊的咽喉地带,直通西域。岑参去安西上任的途中,要路过此处。旅途漫漫,诗人又萌生了什么心绪呢?

逢入京使

唐·岑参

故园东望路漫漫,双袖龙钟泪不干。
马上相逢无纸笔,凭君传语报平安。

【注释】
1. 入京使:回京的使者。
2. 龙钟:涕泪纵横的样子。
3. 凭:托、请。
4. 传语:捎口信。

这次前往西域，路途遥远，前途未卜。一路跋山涉水，来到这万里黄沙的蛮荒之地，而此处距离安西还有大半的路程。我总忍不住向东观望，回看来时的路。每一次回头，与家园的不舍之情便加深一层。

人在旅途，漂泊无依，除了把思乡之情化作两行热泪，还有什么更好的排遣方式呢？这一路上，衣袖不断擦拭眼泪，恐怕都没有干过吧。

今天碰巧与你相遇，得知你是回京传信的使者。这真是意外之喜啊！只是出门在外，行装简陋，仓促之间，连纸和笔都找不到。索性就请你回京后，口头上替我报个平安吧！相逢已是缘分，那我们就此别过，各赴东西。

研学攻略

研学目标： 了解长城修筑史，感悟长城独特的工艺魅力和历史价值。

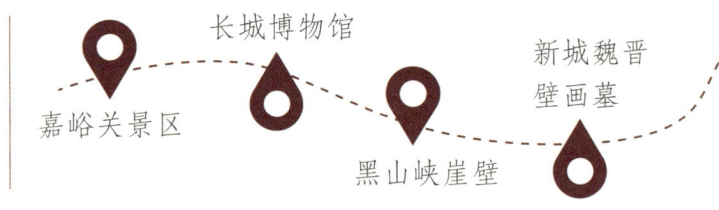

嘉峪关景区 — 长城博物馆 — 黑山峡崖壁 — 新城魏晋壁画墓

"中国长城三大奇观"分别是什么？

① 登嘉峪关

嘉峪关被称为"中国长城三大奇观"之一，它位于甘肃省嘉峪关市外狭窄的山谷中。"一夫当关，万夫莫开"，嘉峪关的险要位置让它成为河西的咽喉，镇守西陲，捍卫一方安宁。

② 逛长城博物馆

长城博物馆是我国第一座以长城历史文化为专题的博物馆，博物馆兼具历史的厚重与现代科技的活力感，是了解长城文化和历史的最好去处。

3 欣赏黑山石刻

黑山石刻岩画最早可追溯到战国时期。石刻画像古拙,手法苍劲有力,内容多为狩猎和骑射,具有很高的艺术与历史研究价值。

4 参观新城魏晋壁画墓

新城魏晋壁画墓被称为"世界上最大的地下画廊"。墓门上有神灵图案,墓室四壁则展示了当时社会的劳动和生活,笔法简练,形象生动。

5 甘南美食特产之旅

来尝一尝鲜嫩多汁的甘南藏包子与名贵的特色菜——丝路驼掌。看一看千百年风雨侵蚀过的戈壁奇石,经过人工雕琢,是怎样成为包罗万千世界的艺术品的。

风雨雕

铜令牌

甘南藏包子

丝路驼掌

◆ 拓展阅读 ◆

从军行七首(其二)

唐·王昌龄

琵琶起舞换新声,总是关山旧别情。
撩乱边愁听不尽,高高秋月照长城。

诗词美文

武威古称凉州,有河西地区最大的冲积平原,是河西走廊的中心城市。唐朝文化兼收并蓄,西域乐曲因此大量传入中原。凉州词就是其中一种流行的曲调,很受边塞诗人的欢迎。

凉州词二首(其一)

唐·王翰

葡萄美酒夜光杯,欲饮琵琶马上催。
醉卧沙场君莫笑,古来征战几人回。

【注释】

1. 夜光杯:这里指华贵而精美的酒杯。
2. 欲:将要。
3. 琵琶:指作战用来发号角声的马上乐器。
4. 沙场:战场。

甘醇的葡萄美酒装满了华贵的夜光杯，将碧绿通透的杯壁映照成紫红色，让人忍不住一饮而尽。

可是这美酒佳酿，一杯哪够呢！不如应着同样醉人的乐声，一醉方休吧！可是，怎么舞曲突然间变成了出征的号角声？那就赶快穿戴好铠甲，擦拭好宝剑，跨上战马，出城迎敌吧！

各位同僚，不要站在那里看我的笑话了。虽然我面色通红，走路也不太稳当，但是我并没有喝醉，我还能杀敌。就算醉倒在战场之上又何妨？这次出征本就打算马革裹尸而还。古往今来，战场上能活着回来的人本就寥寥无几呀！

研学攻略

研学目标： 了解武威的历史文化，感受武威多民族文化的融合与交流。

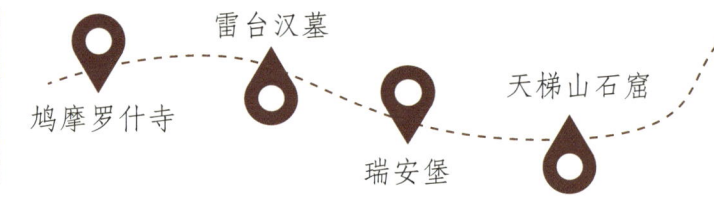

鸠摩罗什寺 — 雷台汉墓 — 瑞安堡 — 天梯山石窟

1 参观鸠摩罗什寺

鸠摩罗什大师是著名的西域高僧，也是中国佛教八宗之祖，翻译学鼻祖，译有《金刚经》《法华经》等。鸠摩罗什寺系后凉太祖吕光为安顿他特意修建的寺庙，寺里至今仍供奉着鸠摩罗什的舌舍利。

说说"马踏飞燕"的文物价值。

唐彩女俑

2 观雷台汉墓

雷台汉墓出土的"马踏飞燕"铜像是我国的旅游标志。铜马匹身姿矫健，马蹄下的飞燕活泼灵动，为不可多得的艺术珍品。

3 探访瑞安堡

瑞安堡俗称"王团堡子",原为地主庄园。它别具一格,虽为民宅,却兼具了防御工事的功能。这是庄园主人为防范沙漠悍匪的侵扰,而有意做出的设计。

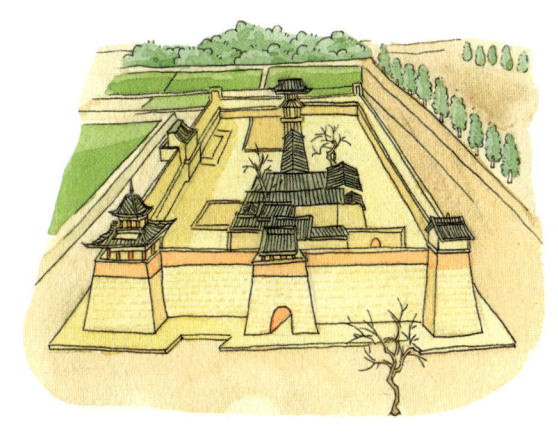

4 赏天梯山石窟大佛

始建于北凉的天梯山石窟,是我国早期的石窟之一。石窟大佛含笑,右手指向磨脐山,雍容典雅,气势恢宏。

5 武威文化美食之旅

凉州"三套车"由凉州行面、卤肉和冰糖红枣茯茶组成,行面和卤肉味鲜爽口,冰糖红枣茯茶滋补养生,加上冰镇凉州软儿梨,是武威人夏季消暑的必备品。

石碑滚灯

凉州软儿梨

凉州"三套车"

◆ 拓展阅读 ◆

塞下曲四首(其二)

唐·王昌龄

饮马渡秋水,水寒风似刀。
平沙日未没,黯黯见临洮。
昔日长城战,咸言意气高。
黄尘足今古,白骨乱蓬蒿。

诗词美文

天水是华夏文明的重要发祥地之一,有"羲皇故里"之称。安史之乱爆发后,杜甫曾在这里躲避战祸,因为音信断绝,与亲人失去了联络,只能将思念之情寄托在诗中。

月夜忆舍弟

唐·杜甫

戍鼓断人行,秋边一雁声。
露从今夜白,月是故乡明。
有弟皆分散,无家问死生。
寄书长不达,况乃未休兵。

【注释】

1. 舍弟:谦称,自己的弟弟。
2. 戍(shù)鼓:戍楼上的更鼓,鼓后禁止行人往来。
3. 况乃:何况是。

城楼上宵禁的鼓声响起，行人们纷纷加快了脚步。不一会儿，破败的街道上就连半点人影都看不到了。塞外的秋天，耳边传来一声孤雁的悲鸣，目光所及，皆是一片凄凉景象。

　　时至深秋，今晚已是白露节气了，天气也渐渐变凉。不知道家人们有没有置办好秋衣呢？还记得和家人们聚在小院，品清茶、吃果点的时候。那故乡的月，比现在的月亮明亮多了！如今困居于这低矮土屋，隔着这一扇小窗，连天空都变得破碎了，还妄想欣赏到什么美好的月色呢！

　　战争爆发以来，弟弟们都飘散在各地，失去了音信，故乡更是早已沦为了战场。想写封信打听一下家人的下落，都不知道该寄给谁。铺设好纸墨，却又迟迟无法落笔——太平日子里，寄出的信还经常送不到，更何况这烽火连天的时候呢！

研学攻略

研学目标： 学习天水的地理与历史知识，感悟秦文化的独特魅力。

麦积山石窟　伏羲庙　街亭古镇　天水大地湾遗址

> 麦积山石窟和敦煌石窟有什么区别？

❶ 上麦积山石窟拜万佛

麦积山石窟的佛像与众不同，具有普通人和蔼可亲的面孔。它们的服装也渐渐吸纳了当地文化，呈现出汉民族服饰的特点。

> 你知道有关伏羲的神话故事吗？

❷ 了解创世神话

在汉民族神话传说中，伏羲和女娲一同创造了华夏民族，伏羲也因此被奉为"人皇"。在天水，每到正月十六，人们都要到伏羲庙"朝人宗"，追思华夏民族的灿烂历史。

3 到街亭古镇读三国故事

街亭是扼守陇右的咽喉,三国故事里,马谡大意失街亭,蜀军主力因此溃败。街亭古镇的许多民居还保留着古代秦州的风貌,在这里你不仅可以读三国故事,还能泡温泉,赏红枫。

4 寻找天水大地湾遗址

大地湾文化是华夏先民在黄河创造的古老文明之一。大地湾遗址出土了迄今为止中国最早的彩陶和绘画,对研究黄河流域新石器文化的产生有重要意义。

5 天水文化美食之旅

淋上油辣子的天水呱呱,被誉为"秦州第一美食",还有色泽金黄、香酥脆绵、油而不腻的甘谷酥圈圈让人忍不住大快朵颐。逢年过节之时,民间艺术家的旱船在街头巷尾涌动,模拟水中行船,好不热闹!

旱船

天水呱呱

甘谷酥圈圈

秦安草编

◆ 拓展阅读 ◆

山寺

唐·杜甫

野寺残僧少,山园细路高。
麝香眠石竹,鹦鹉啄金桃。
乱石通人过,悬崖置屋牢。
上方重阁晚,百里见秋毫。

诗词美文

丝绸之路开辟后,乌鲁木齐成为交通要冲。唐代在此设置轮台城,派兵驻守。诗人岑参曾在轮台城生活,留下了很多脍炙人口的诗篇。

白雪歌送武判官归京

唐·岑参

北风卷地白草折,胡天八月即飞雪。
忽如一夜春风来,千树万树梨花开。
散入珠帘湿罗幕,狐裘不暖锦衾薄。
将军角弓不得控,都护铁衣冷难着。
瀚海阑干百丈冰,愁云惨淡万里凝。
中军置酒饮归客,胡琴琵琶与羌笛。
纷纷暮雪下辕门,风掣红旗冻不翻。
轮台东门送君去,去时雪满天山路。
山回路转不见君,雪上空留马行处。

【注释】
1. 瀚(hàn)海:沙漠。
2. 阑(lán)干:纵横交错的样子。
3. 掣(chè):拉、扯。

这北地的风，可真是猛烈啊！呼啦啦吹折了地上的白草，又带着它在空中回旋起舞。明明才到八月，塞外却已经飘起了鹅毛大雪。等到风雪稍稍停歇，林间树头到处都落满了白色，就像枝头开满了雪白的梨花一样。

　　雪花放肆地冲进帐中，衣衫被褥也挡不住这寒意。帐外更不用说，人人都在搓手跺足，弓弦都拉不开，盔甲也如寒冰一般。这密布的阴云至少遮盖了上万里的天空，而那广袤的沙海，如果有水的话，估计都已经结了百丈厚的冰啦！快快返回帐中，与我开怀畅饮吧！这边塞的动人乐曲，回去可就很难再欣赏到了！

　　天色渐暗，虽然大雪未歇，但已到了送别启程的时候。看，连军营门口的旗帜都冻住了，风都吹不动。那天山的路上铺满了白雪，你在风雪中前行的身影，最后也淹没在其中，只留下一行浅浅的马蹄印……

研学攻略

研学目标： 感悟新疆独特的文化魅力，思考新疆在丝绸之路上发挥的作用。

天山　达坂城古镇　新疆维吾尔自治区博物馆　新疆国际大巴扎

> 你知道周穆王出游的故事吗？

❶ 游览天山天池

横亘在塔里木盆地和准噶尔盆地间的天山，是中国宝贵的自然遗产。它高耸入云，拥有数十座5000米以上的高峰。神秘的天山引发了古人瑰丽的想象，古人认为，喜好出游的周穆王就是在天池和西王母欢宴对歌。

西王母祖庙　定海神针　民族文化村　福寿寺

> 达坂城三怪是哪三怪？

❷ 逛达坂城古镇

从乌鲁木齐到吐鲁番的路上，有一座闻名遐迩的小城。它就是因《达坂城的姑娘》而闻名的达坂城。达坂城古镇位于天山脚下，从古至今就是连通南北疆的咽喉之地。

3. 参观新疆维吾尔自治区博物馆

新疆维吾尔自治区博物馆保存了原西域古国的珍贵文物，馆藏的"五星出东方利中国"锦护膊被誉为"20世纪中国考古学最伟大的发现之一"。

4. 体验新疆国际大巴扎

"巴扎"是维吾尔语，意为"集市、农贸市场"。新疆国际大巴扎是世界规模最大的大巴扎，是"新疆之窗"，它体现了浓郁的民族特色和地域文化。

5. 品尝新疆特色美食

咬一口"滋滋"冒油的羊肉串，肉质鲜嫩，满口酥香，再尝尝甜到黏牙的新疆水果，这才是正宗的新疆味道。

香瓜

新疆的水果为什么特别甜？

彩绘天王踏鬼木俑

羊肉串

◆ 拓展阅读 ◆

十一月四日风雨大作二首（其二）

宋·陆游

僵卧孤村不自哀，尚思为国戍轮台。
夜阑卧听风吹雨，铁马冰河入梦来。

诗词美文

西汉时期,在巴音郭楞蒙古自治州活动的游牧民族建立了楼兰国。天宝二年,李白在长安城得到朝廷赏识,他以诗言志,借征讨楼兰国的典故来抒发自己远大的抱负。

塞下曲六首(其一)

唐·李白

五月天山雪,无花只有寒。

笛中闻折柳,春色未曾看。

晓战随金鼓,宵眠抱玉鞍。

愿将腰下剑,直为斩楼兰。

【注释】

1. 金鼓:进军时击鼓,退兵时鸣金。
2. 玉鞍(ān):装饰华丽的马鞍。

时当五月，行至塞外，目光所及之处，仍然是一派雪国景象。按时节来说，中原大地正是百花争奇斗艳的时候。然而这里白茫茫的一片，除了阵阵袭来的刺骨寒意，什么都没有。

军中生活向来是单调乏味的，偶尔闲时，也会有人掏出竹笛，吹奏起熟悉的《折柳曲》。笛声悠扬，哀婉动人，总不免让人怀念起远方的亲人。塞外征战已有多年，连那杨柳依依的春色，都未再领略过！

天刚破晓，战鼓声响起，将士们整装列队，准备进入战场搏杀。直到日头坠入大山，人影变得模糊不清，一天的战斗才算是告一段落了。睡觉时，将士们还头枕着盾牌、长枪，怀抱着头盔、马鞍，做好战斗的准备。

经常在梦境中浮现的，不光是家乡的旧影，还有冲锋陷阵的热切渴望！但愿腰间悬挂的宝剑，能够早日助将士们平定边疆，为国立功！

研学攻略

研学目标： 了解巴州的悠久历史，感悟自然环境对人类生活的重要影响。

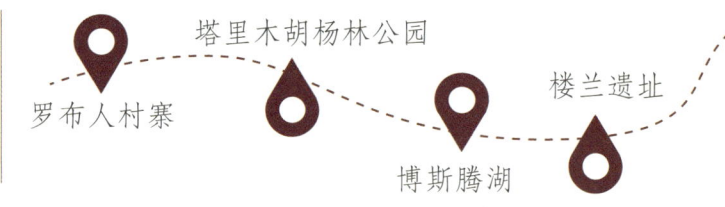

1. 参观罗布人村寨

罗布人村寨位于塔克拉玛干沙漠的边缘，在这里，最后的罗布人仍保留着原始的生活——以捕鱼狩猎为生。沙漠里的海子就是他们的家。

> 我国用于防治土壤沙漠化的树木主要有哪些？

2. 欣赏胡杨林

维吾尔语中，胡杨树被称为"托克拉克"，意为"最美丽的树"。胡杨林是沙漠之魂，它们以强大的生命力屹立在沙漠，不仅耐旱耐沙，还能在盐碱地里生长。

3 游览博斯腾湖

博斯腾湖被誉为"西塞明珠",湛蓝的湖泊宛若明镜,湖泊之上群鸥飞翔。它是中国最大的内陆淡水吞吐湖,但近年来湖泊面积迅速缩小,面临着干涸的危险。

4 寻觅楼兰古国

楼兰遗址中的小河墓地位于沙漠土丘之上,考古学家发现它时,墓地上插满了或粗或细的枯立木,墓主人被放置在船形的棺椁中,容貌至今不朽。

5 品巴州美食,赏巴州民俗

新疆昼夜温差大、日照强烈,库尔勒香梨和尉犁西瓜都是自然的馈赠。这里还有色彩斑斓的蒙古族刺绣,针法匀称,线条明快,自成一派。

蒙古族刺绣

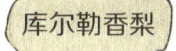
库尔勒香梨

尉犁西瓜

◆ 拓展阅读 ◆

献封大夫破播仙凯歌六首(其二)

唐·岑参

官军西出过楼兰,营幕傍临月窟寒。
蒲海晓霜凝马尾,葱山夜雪扑旌竿。

诗词美文

西宁紧邻青海湖,青海地区是唐军与吐蕃多次交战之地。王昌龄早年曾在塞外游历,他那些著名的边塞诗大都是这时候写的。这首《从军行》正反映了边塞将士们昂扬的斗志呢!

从军行七首(其四)

唐·王昌龄

青海长云暗雪山,孤城遥望玉门关。

黄沙百战穿金甲,不破楼兰终不还。

【注释】

1. 青海:指青海湖,在今青海省。
2. 雪山:即祁连山,山顶积雪,终年不化。
3. 楼兰:遗址在今巴音郭楞蒙古自治州。

一望无际的青海湖，此刻风平浪静，蔚蓝的湖面像磨光了的镜子，在阳光下显得十分明媚动人。过了一会儿，原本空荡荡的天空上，逐渐聚集起了厚厚的云朵。失去了阳光的照射，那白雪皑皑的祁连山也失掉了往日里耀眼的神采，变得暗淡、模糊起来。

可惜这高原美景，笼罩在战争的阴影中。方圆数十里，只看得到这一座孤城，与玉门关遥遥相望。

戍边的生活孤寂而艰苦，将士们却没有退缩。虽然因为身经百战，他们的盔甲被漫天黄沙磨损得破败不堪，但他们的眼神都投射出一种坚毅的光芒。怀着必胜的决心，他们在将军的带领下，齐声宣誓：不破强敌，誓死不归！

研学攻略

研学目标： 了解西宁的相关地理知识，感受青藏高原的独特魅力。

1 赏青海湖盛景

青海湖是中国最大的内陆湖和咸水湖。湖中曾出现一种奇观：一条白色水柱凭空出现，周围卷起层层浪花，就像云层将水吸上天空一样，被称为"龙吸水"。

> 你知道还有哪些地方出现过"龙吸水"吗？

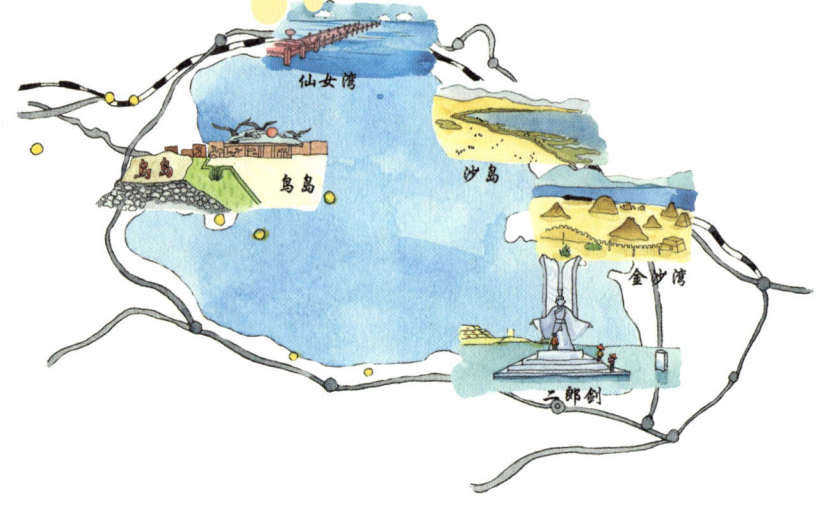

塔尔寺刺绣

2 参观塔尔寺

塔尔寺藏语为"衮本贤巴林"，意为"十万狮子吼佛像的弥勒寺"。堆绣是寺院独有的文化艺术，主要题材为佛像、佛经和罗汉故事，具有较高的工艺价值和美术价值。

③ 逛青海省博物馆

青海省博物馆内藏有铜鎏金观音造像、玄武砚滴和弦纹网纹彩陶壶等珍贵文物，展现了青海地区的特色文化。

铜鎏金观音造像

玄武砚滴

④ 丹噶尔古城一日游

"茶马互市"为丹噶尔古城带来了繁荣，具有浓郁民族特色的灯箱式广告招牌在商贸中大放异彩。排灯、剪纸和羊皮绣一天也看不完，"花儿"会和庙会更让人流连忘返。

马牙蚕豆

甜醅

⑤ 品尝西宁地方美食

等湟源马牙蚕豆成熟，炒上一碗，再用燕麦或青稞做一碗香甜可口的甜醅。这些都是取材于当地的风味美食，一品唇齿留香。

冬虫夏草

◆ 拓展阅读 ◆

从军行七首（其一）

唐·王昌龄

烽火城西百尺楼，黄昏独上海风秋。
更吹羌笛关山月，无那金闺万里愁。

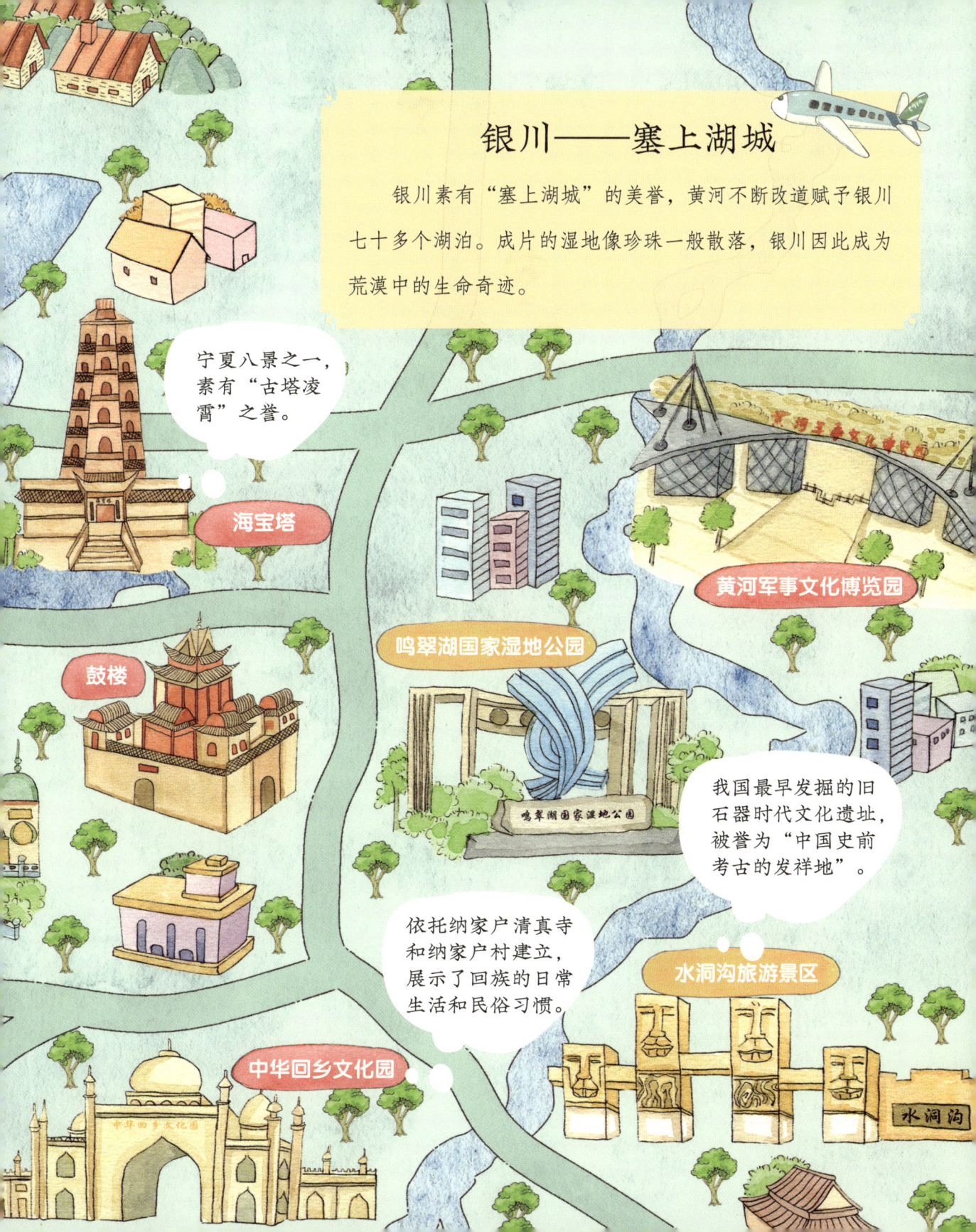

诗词美文

唐朝凭借强盛的国力,曾在银川灵武市修筑过一座受降城。李益仕途失意之后,弃官前往北方周游,在受降城感受到了战士们的孤独清冷,以及浓烈的思乡之情。

夜上受降城闻笛

唐·李益

回乐烽前沙似雪,受降城外月如霜。
不知何处吹芦管,一夜征人尽望乡。

【注释】

1. 受降城:唐时在黄河以北筑东、中、西三座受降城,这里指西受降城,位于今银川灵武市。
2. 回乐烽:在今银川灵武市西南。烽,指烽火台。
3. 征人:戍边的将士。

在沉静如水的夜色中，远处的烽火台似乎也掩藏起了白日里飞扬的气焰，变得柔和安详。台前的万里平沙，纯粹得没有半点杂质，就像铺上了一层洁白无瑕的雪。明月高悬于深邃的天空之上，静静地投下清冷的光，城楼上就像盖上了一层薄薄的霜。

　　似雪的沙漠和如霜的月光使受降城的夜变得格外空寂惨淡。漫漫长夜，是什么偷走了人们的睡意呢？大概是那夜风送来的阵阵呜咽的芦管声吧！不知道是谁人吹奏的，来自何处，飘向何方。

　　可它听起来又是那么真切，那么哀婉动人！让一夜无眠的士兵们，触动愁肠，不自觉地望向家乡的方向。

研学攻略

研学目标： 了解回族文化，体验回乡风情。

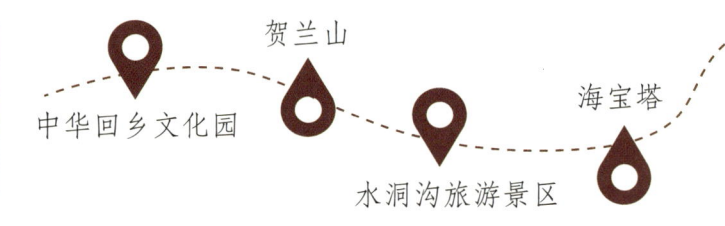

中华回乡文化园　贺兰山　水洞沟旅游景区　海宝塔

1 体验中华回乡风情

中华回乡风情园展示了地道的回乡文化。园区内的纳家户清真寺建筑风格兼收并蓄，既有中国古代四合院的建造格局，也有阿拉伯式的圆尖顶望月楼。

> 为什么宁夏平原能成为"塞上江南"？

2 游览贺兰山

"宁夏五宝"之一的贺兰石产于海拔2600米左右的贺兰山悬崖上。贺兰山上还有各种岩画，记录了远古人类放牧、狩猎和祭祀的场景，这里又被称为"中国游牧民族的艺术画廊"。

3 寻找水洞沟人类遗迹

水洞沟旅游景区被誉为"中国史前考古的发祥地"。独特的雅丹地貌造就了魔鬼城、旋风洞等二十多处奇绝景观，记录了三万年前人类生生不息的生活轨迹。

4 近观海宝塔

海宝塔是我国十六名塔之一。它为十二棱角塔，宝塔每层出轩部分二侧各设一龛，龛眉突出。宝塔外观因其结构，显得华丽无比，独具一格。

 ## 5 回乡美食之旅

隐藏在银川小巷里的顶级美味，非油香馓子和酿皮莫属了。塞上江南独特的地理位置，造就了独特的制作工艺与风味。

你还知道哪些回族特产美食？

 贺兰砚

 酿皮

 油香馓子

◆ 拓展阅读 ◆

从军行

唐·李白

百战沙场碎铁衣，城南已合数重围。
突营射杀呼延将，独领残兵千骑归。

诗词美文

北宋时期,边境告急,范仲淹奉命来到延安,承担起西北前线的军事防务。重任在身,范仲淹会发出怎样的感慨呢?

渔家傲·秋思

宋·范仲淹

塞下秋来风景异,衡阳雁去无留意。四面边声连角起,千嶂里,长烟落日孤城闭。

浊酒一杯家万里,燕然未勒归无计。羌管悠悠霜满地,人不寐,将军白发征夫泪。

【注释】

1. 千嶂(zhàng):形容山峰绵延不绝的样子。
2. 燕(yān)然未勒:指战争还没有打赢。
3. 寐(mèi):睡着。

边疆塞外的风景从来都是不同于锦绣江南的，一旦进入了秋天，这种差异会变得更加明显。每每到了这个时候，北方的大雁就飞回南方的衡阳去了，一点也没有停留的意思。

　　军中的号角声低沉呜咽，从四面八方席卷而来。除去那绵延起伏的山峦，这里还有什么呢？大概就只有悬在空中的一线烽烟，以及落日下紧紧闭锁的城楼了。

　　大雁尚且可以归家，人却有家难回，只能借着一杯苦酒，来排遣心中的愁闷。战事未平，归程遥遥无期。寒霜悄悄地铺满了大地，羌笛的乐声在黑暗中飘忽不定。夜深了，将士们都难以安睡，将军为了操持军务白了头发，士兵们久戍边塞，也流下了伤心的眼泪。

研学攻略

研学目标： 了解中国共产党在延安的故事，感悟红色革命精神。

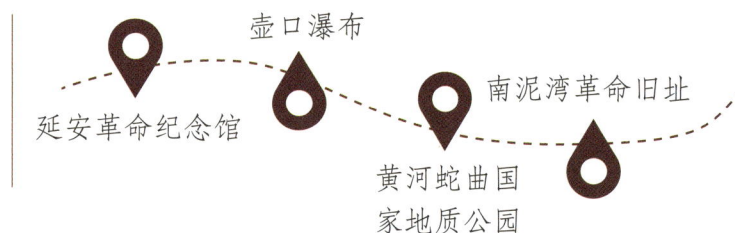

延安革命纪念馆 — 壶口瀑布 — 黄河蛇曲国家地质公园 — 南泥湾革命旧址

> 延安时期的中国共产党发生过哪些事？

1 感悟延安精神

延安革命纪念馆展现了中国共产党在延安地区与延安人民一同奋战的感人历史。栩栩如生的雕塑，生动形象的油画，将延安时期军民一体的美好生活展现得淋漓尽致。

> "延安三大地质奇观"是什么？

2 观壶口瀑布

从黄土高原奔涌而下的河流，在这里形成蔚为壮观的黄色瀑布。再老练的船夫到了这里也要慎之又慎，船只能通过人力，经由河岸运至瀑布下游。"旱地行船"是"壶口瀑布八景"之一。

3 远观黄河蛇曲

滔滔黄河深深嵌入秦晋大地，孕育了奇特的地理景观。在黄河蛇曲国家地质公园，黄河水流经此地，在重力、水力和风力的多重作用下，形成了320°的大湾，极为罕见。

4 参观南泥湾革命旧址

红军抵达延安后，为贯彻"不拿老百姓一针一线"的原则，军队决定自主生产，由此开辟出南泥湾的好风光，深深感动了延安人民。

5 品尝延安美食，寻访延安民俗

离不开羊肉汤的圪坨，形如指甲盖大小，是延安的特色美食。一块面团，一双巧手，几经揉捏，几经勾画，色彩斑斓的黄陵面花就新鲜出炉了。

圪坨

安塞腰鼓　　黄陵面花

◆ 拓展阅读 ◆

和张仆射塞下曲四首（其三）

唐·卢纶

月黑雁飞高，单于夜遁逃。
欲将轻骑逐，大雪满弓刀。

诗词美文

秦皇岛濒临渤海,传说秦始皇东巡至此,派人出海求仙,因此得名。曹操在征战中大获全胜,回师的途中,特意登上碣石山。面对着壮阔的大海,他将心中的抱负都融到了诗句里。

观沧海

东汉·曹操

东临碣石,以观沧海。
水何澹澹,山岛竦峙。
树木丛生,百草丰茂。
秋风萧瑟,洪波涌起。
日月之行,若出其中。
星汉灿烂,若出其里。
幸甚至哉,歌以咏志。

【注释】

1. 碣(jié)石:山名,位于今秦皇岛市。
2. 澹澹(dàn dàn):水波摇动的样子。
3. 竦峙(sǒng zhì):耸立。
4. 幸甚至哉(zāi),歌以咏志:真是太好了,让我用诗歌来抒发志向吧。这是当时乐府诗的通用结尾。

进入辽西之地后,又一路折向东行,坦荡的平原上出现了一座突兀的小山,这便是碣石山。登上山顶向东望去,就可以观赏到那苍茫辽阔的渤海。

　　那海水是多么浩浩荡荡啊!不远处还有一座山岛,高高地耸立在海水中。岛上的植物十分繁茂,既有丛生的树木,也有繁盛的花草。

　　秋风吹过,草叶作响,像发出阵阵叹息。海面上风浪渐起,海水上下起伏,浪花翻动,水波荡漾。

　　说起来,这大海可真是神奇啊!天上的日升月落,似乎都出自大海的胸怀之中;银河里的灿烂群星,也好像从大海的怀抱里涌出。我是多么幸运啊,能够来到这里!那么就让我用这首诗歌来抒发自己内心的远大抱负吧!

研学攻略

研学目标： 了解北戴河的人文与历史，感悟秦皇岛人乐观的生活态度。

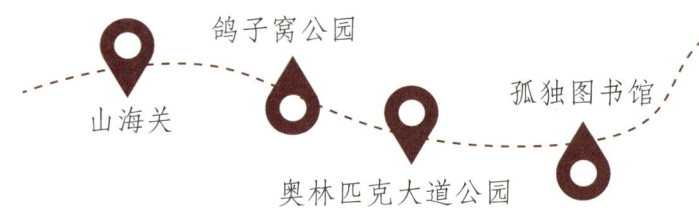

山海关　鸽子窝公园　奥林匹克大道公园　孤独图书馆

> 你知道孟姜女哭长城的故事吗？

① 登山海关

临近渤海的山海关，与风沙飞扬的西部要塞形成了鲜明对比。在这里，风急浪高，惊涛拍岸。孟姜女哭倒长城的故事则揭露了这栋古代防御工事更为残酷的一面，引人深思。

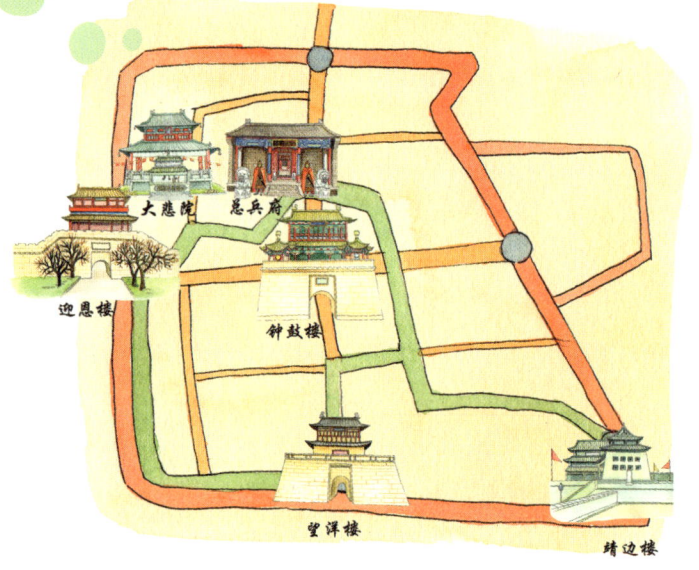

② 到鸽子窝公园观鸟

北戴河景区里的鸽子窝公园，是著名的观鸟胜地，被誉为"观鸟的麦加"。著名的《浪淘沙·北戴河》写的就是这里的风光。

❸ 漫步在奥林匹克大道公园

漫步在秦皇岛奥林匹克大道公园里，会发现一座石墙格外引人注目：几十位中国奥运冠军的手印、足印和签名留在墙上，激励人们锻炼身体，增强体魄。

❹ 倾听孤独图书馆

在没有人烟的荒滩上建一座图书馆，这个大胆的创意吸引了无数游人。这座藏书不过万余册的图书馆每年吸引着来自世界各国的读者。他们不约而同地来到这里，倾听自己内心的声音。

❺ 品秦皇岛特色海鲜

北戴河的小蟹，蟹黄量多，膏脂丰腴，食来回味悠长。搭配卢龙粉丝白菜汤和冰镇的山海关大樱桃，在难得的户外宵夜时光中，享受秦皇岛的风味。

抬黄杠

山海关大樱桃

清蒸铁板蟹

卢龙粉丝

◆ 拓展阅读 ◆

长相思·山一程

清·纳兰性德

山一程，水一程，身向榆关那畔行，夜深千帐灯。
风一更，雪一更，聒碎乡心梦不成，故园无此声。

更多城市等你探索

◆ 牡丹江 ◆
中国雪乡

帐夜
清·吴兆骞

穹帐连山落月斜,梦回孤客尚天涯。
雁飞白草年年雪,人老黄榆夜夜笳。
驿路几通南国使,风云不断北庭沙。
春衣少妇空相寄,五月边头未著花。

◆ 白山 ◆
林海雪原

长白山
清·吴兆骞

长白雄东北,嵯峨俯塞州。
迴临沧海曙,独峙大荒秋。
白雪横千嶂,青天泻二流。
登封如可作,应待翠华游。

◆ 兰州 ◆
西域咽喉在此间

题金城临河驿楼
唐·岑参

古戍依重险,高楼见五凉。
山根盘驿道,河水浸城墙。
庭树巢鹦鹉,园花隐麝香。
忽如江浦上,忆作捕鱼郎。

◆ 晋中 ◆

晋商故里

夕次寿阳驿
题吴郎中诗后

唐 · 韩愈

风光欲动别长安，
春半城边特地寒。
不见园花兼巷柳，
马头惟有月团团。

◆ 吐鲁番 ◆

极热之地火焰山

经火山

唐 · 岑参

火山今始见，突兀蒲昌东。
赤焰烧虏云，炎氛蒸塞空。
不知阴阳炭，何独然此中。
我来严冬时，山下多炎风。
人马尽汗流，孰知造化功。

◆ 伊犁哈萨克自治州 ◆

西部边陲，塞外江南

伊犁

清 · 褚廷璋

人驱风雪兽驱烟，犹见乌孙立国年。
海气万重吞丽水，山容三面抱祁连。
盘雕红寺朝鸣角，散马青原夜控弦。
纪绩穹碑衔落日，英灵班鄂想回旋。

图书在版编目（CIP）数据

跟着诗词去旅行.边塞豪情/白鳍豚文化著.——北京：中国致公出版社，2019（2024.7重印）

ISBN 978-7-5145-1400-1

Ⅰ.①跟… Ⅱ.①白… Ⅲ.①古典诗歌–诗歌欣赏–中国–少儿读物②地理–中国–少儿读物 Ⅳ.①I207.2-49②K92-49

中国版本图书馆CIP数据核字（2019）第136481号

本书由白鳍豚文化委托知音传媒股份有限公司知音动漫有限公司正式授权中国致公出版社，在中国大陆地区独家出版中文简体版本。未经书面同意，不得以任何形式转载和使用。

跟着诗词去旅行.边塞豪情 / 白鳍豚文化著

出　　版	中国致公出版社	
	（北京市朝阳区八里庄西里100号住邦2000大厦1号楼西区21层）	
出　　品	知音动漫图书	
	（东湖路179号）	
发　　行	中国致公出版社（010-85869872）	
作品企划	知音动漫图书·童心坊	
项目策划	李　潇　周寅庆	
责任编辑	周寅庆　李　爽	
装帧设计	郑雨薇	
插图绘制	白鳍豚文化　胡　龙　胡思琪	
印　　刷	武汉精一佳印刷有限公司	
版　　次	2019年8月第1版	
印　　次	2024年7月第4次印刷	
开　　本	787mm×1000mm 1/16	
印　　张	6.5	
字　　数	74千字	
书　　号	ISBN 978-7-5145-1400-1	
定　　价	36.00元	

版权所有，盗版必究（举报电话：027-68890818）

（如发现印装质量问题，请寄本公司调换，电话：027-68890818）